閱讀123

貓巧可 你選誰

文 王淑芬

圖 尤淑瑜

目次

4. 你要加什麼？

5. 貓巧可你選誰？

【附錄】選選看、想想看——
一些有名的選擇題

作者的話

我喜歡寫嘰嘰喳喳的故事

文 王淑芬

從小我性格中便帶著一點懷疑論，大概因為如此，於是不管讀什麼，總習慣從別的角度再審視一次，這樣算是思辨能力的訓練吧。日後當自己成了寫作者，隱約便將這種性格融入我的書寫中；我總愛在故事裡加進問題，希望讀者讀了我的書變得更聰明。

這種聰明，並不是狹隘的「考試一百分」那種聰明，而是習慣思考，從而建立觀看世界的基準點，得出人生的價值與意義。感謝親子天下讓我這樣的寫作初衷，在《去問貓巧可》中得以發揮。第一集重點在釐清「問題的本質」，本集《貓巧可你選誰》主軸則在「選擇」。

「選擇」絕對是我們最常面對的問題，本書集合了幾個乍看有趣，但其實很嚴肅的命題。比如〈選麵包〉說的是「選擇條件」。〈黑貓白貓要過橋〉討論的是孰尊誰先的選擇權。〈林中之路〉講預測選擇時，應該要有什麼心態。〈你要加什麼？〉是「當選項都不好時、等於沒得選」的霍布森選擇，這是選擇中常見的陷阱，我們可得注意防範。〈貓巧可你選誰？〉則是不同角度有不同選擇，有時與你選擇不同，並不代表對方錯。

等孩子再大一些，或許還能與他們聊更具深度廣度的選擇題，比如：選魚或選釣竿？附錄中我也挑了些常被討論的選擇，有些題目其實屬於哲學討論，甚至沒有標準答案。重點是在選擇背後的理由或邏輯是什麼。

這便是我想寫的故事，我期待親子共讀時，孩子會嘰嘰喳喳問個不停。任何人靜靜閱讀時，腦子裡也嘰嘰喳喳想個不停。人生布滿選擇岔路，選擇難題一再發生。在閱讀中很忙很忙的「嘰嘰喳喳」預習一下也不錯。

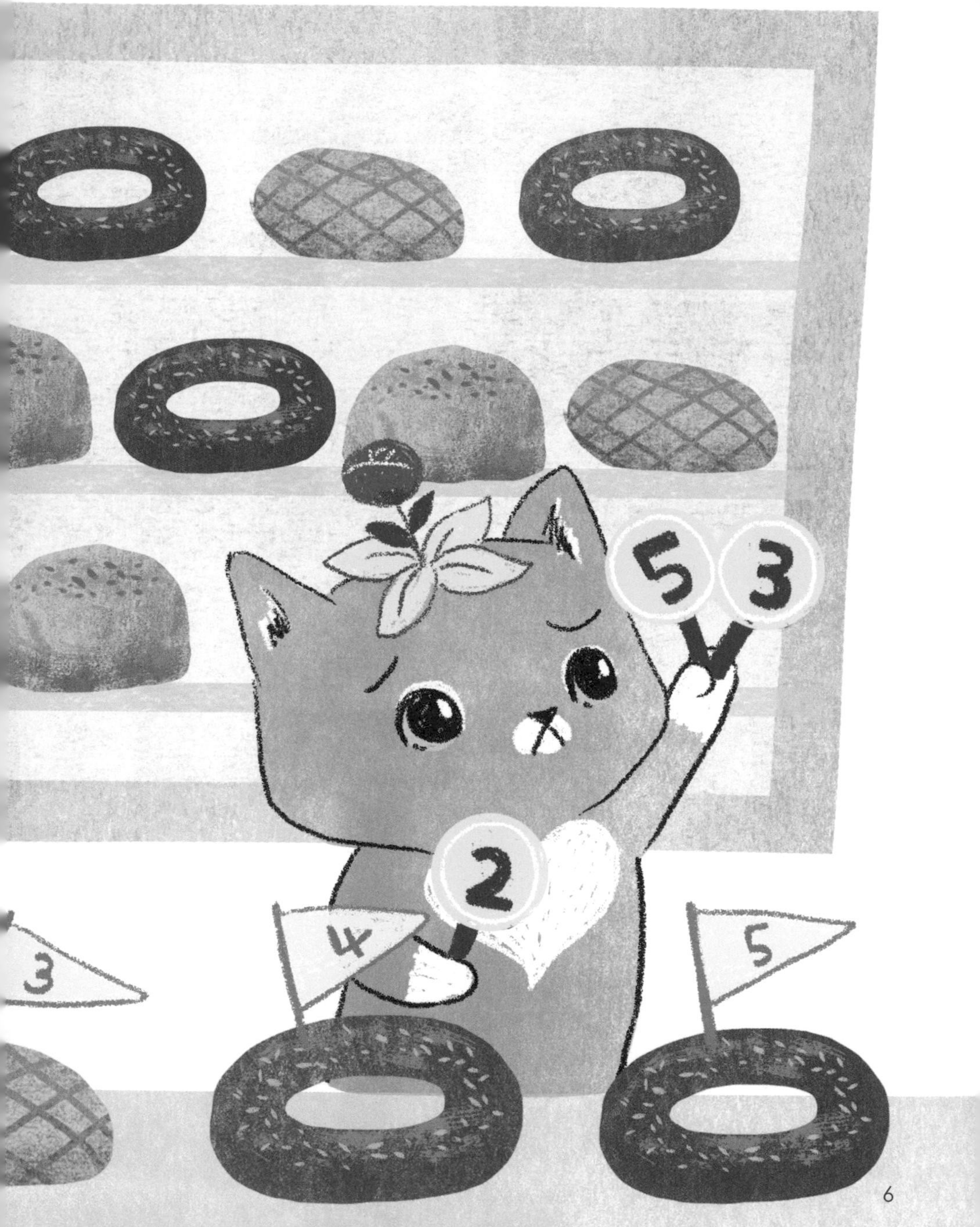
5
3
2
3
4
5

1. 選麵包

貓小花是貓巧可的好朋友，開心時頭上會開出一朵花；她的弟弟貓小葉，高興時頭上長的是一片葉子。

叮咚!

這一天，貓巧可上門拜訪時，看見兩個人頭上什麼也沒長，他們看起來都不開心。

原來是媽媽烤了一個麵包，分成兩半，要姊弟兩人各選一塊，只是兩個人都想搶先選。因為他們覺得先選的人可以選比較大的那一塊。

吵了半天，貓小葉轉頭對媽媽說：「為什麼不烤兩個？」

媽媽卻說：「烤兩個，你們也一樣會吵著誰先選吧？不如，去請問貓巧可。」

貓村裡，大家都是這樣的。一有問題，去問貓巧可準沒錯。

貓巧可笑著說：「這個問題，古時候已經有答案了。其實應

該由貓小花來將麵包分成兩半，然後請貓小葉先選。」

貓小葉不懂：「萬一姊姊分得一大一小呢？那可不公平。」

貓小花卻聽懂了，點頭說：「對對對！因為是對方先選，所以我一定會分得很公平。也可以改成貓小葉分，我來選。」

但是，貓小葉搖頭：「不行不行。我想要絕對的公平，再怎麼分，也沒辦法將麵包分得一模一樣、相同大小啊。」

貓巧可想了想，有新點子：「用尺量一量。」

貓小葉還是搖頭：「不行。麵包不是長方形，不好量。」

「秤重量吧。」貓巧可準備向媽媽借做甜點用的秤。

貓小花說：「不行。這樣會將麵包切得亂七八糟。」

於是，貓巧可又想出幾個方法，包括：

1. 將麵包外形掃描進電腦，讓電腦精密計算如何切割成兩等分。

2. 將麵包放在格子紙上，根據格子數來切。

3. ……

貓巧可還沒說完，貓小葉卻忽然大叫：

「停，我不選了。」

貓小花也摸摸麵包說：「麵包涼了，我也餓了。選哪一邊我都沒意見。」

貓小葉拿起半塊麵包說：「我還是不知道選哪種分麵包的方法比較公平。可是，我已經不在乎了。麵包好好吃，奶油好香啊。」他轉頭告訴媽媽。

媽媽也說：「如果你們不是一直想著『怎麼選麵包』，剛出爐的麵包更好吃呢。」

「沒錯沒錯。選哪個麵包的方法不重要。最重要的是有得選，而且有得吃。哈哈。」貓小花吃得好滿足。

當兩個人吃完，抹抹嘴時，貓小花忽然大叫：「天啊，我們竟然忘了一件最重要的事。」

貓小葉也大叫：「我們忘了分給貓巧可。」

貓巧可卻說：「將麵包分成三等分，更不容易啊。」

貓小花與貓小葉不好意思的道歉：「對不起。」

誰知道貓巧可竟然笑咪咪的說：「你們知道嗎，現在反而是我吃得最香。」

貓小花與貓小葉一起大叫：「為什麼？」

「因為吃不到啊。吃不到的麵包一定最香、最好吃。」貓巧可瞇起眼睛。

貓小花與貓小葉又一起大叫：「我不懂。」

b+c×2=30
x+Y
2x=3
4+x

2. 黑貓白貓要過橋

貓小葉正在寫功課，一邊寫，一邊大聲朗讀課文：「有一隻黑貓要過橋，還有一隻白貓也要過橋，兩隻走到橋中央，誰也不想讓誰。於是，兩隻都過不了。」他放下課本，大叫：「好笨喔。」

貓巧可與貓小花在旁邊讀小說，聽見貓小葉的課文，忍不住哈哈大笑。

貓小花說：「後來，黑貓先讓白貓過，於是，最後兩個都平安過橋了。」

貓小葉問：「是誰決定讓白貓先過，為什麼不選黑貓？」

三個人一起放下書，準備吃媽媽烤的餅乾。

貓小花咬一口餅乾，香滋滋的。讓人心情大好的餅乾，也讓人有了思考

的靈感。所以她說：「我覺得，誰可以先過橋，只有一個條件，那就是誰的年紀大誰就先過。比如，媽媽會讓外婆先過橋，我會讓媽媽先過；弟弟啊，應該讓姊姊先過。」

「那如果兩個年紀一樣大呢？」貓小花的答案，貓小葉顯然不是很滿意。

貓小花瞪大眼睛：「除非兩個是同年同月同日同時同分同秒出生，否則便不能說年紀一樣大。」

貓小葉也瞪大眼睛：「好多的同，我頭都昏了。」

身份證
黃小白
生日：2008年8月16日
身份證
蔡大明
生日：2008年8月16日

貓小葉轉頭問貓巧可：「我覺得比年紀大小沒道理，你說對不對？」他又舉例說明：「比如一個壞心的老婆婆與一個善良天真的小弟弟都要過橋，當然要選擇讓好人先過。」

貓小花不以為然的大叫：「又不是在選模範生，也不是在選好人好事代表。」她再加一句：「何況，誰好誰壞，又沒有一定的選擇標準。」

好事
壞事
好事
壞事

「誰應該讓誰先過橋？」貓巧可看著貓小花與貓小葉，再拿起一塊餅乾放進嘴裡，口齒不清的說：「跟男生與女生有關嗎？」

兩個人幾乎同時間一起大聲回答：

「女生先。」

「男生先。」

不過，兩個人搶答完畢，也幾乎同時又補充：「我知道貓巧可一定會說，以性別來分，根本不公平。」

貓巧可一口將餅乾塞進嘴裡，又問：「跟他家裡有沒有錢，有關嗎？」

貓小葉馬上說：「當然沒有。又沒有規定窮人應該讓富人先過橋。」

貓小花想了想，說：「我懂了。誰該讓誰，條件不應該是這些先天就決定的，也不該是後天無法改變的。」

「什麼啦？我完全聽不懂。」貓小葉氣呼呼的吞下一大塊餅乾。

貓巧可指了指盤子裡的餅乾說：「現在我們應該煩惱的是，選誰吃最後一塊餅乾才對吧。」

貓小花一把搶走，還得意的說：「這個問題現在已經不是問題了。」

「會不會白貓與黑貓過橋，其實誰先過並不重要？」

貓小葉摸摸肚子，他覺得吃飽以後，好像想法也不一樣了，「我覺得，誰該讓誰，可能沒有絕對的答案。」

貓小花替弟弟接話：「就像如果白貓家裡正好發生緊急事件，黑貓便該讓白貓先過。」

貓小葉又說：「也可能黑貓想的是，萬一這座橋很危險快斷掉了怎麼辦？乾脆讓白貓先過，等確定沒事，自己才走。」

貓小花拍拍弟弟的頭：

「好有心機的黑貓。你會不會想太多了？」

「你呢？貓巧可。你的答案是什麼？」貓小花與貓小葉一起問。

貓小花還說：「你總不會說，為什麼一開始不把橋蓋寬一點吧。」

貓巧可沒有回答他們的問題。他先把盤子拿去洗乾淨，然後擦擦手，問：「選擇先過橋的人，會贏得什麼？選擇後過橋的人，會輸掉什麼？」

貓小花與貓小葉又大叫：「什麼嘛，這跟輸贏有什麼關係嗎？」

3. 林中之路

「太陽出來了，好暖和，曬在身上癢癢的，像媽媽的舌頭在舔我。」

貓巧可躺在草地上，一面喃喃自語，一面輕輕晃著身體。他的肚子朝向天空，四肢鬆懶懶的；這個姿勢，就是在說：「不要吵我，不要吵我喔。」

「貓巧可起來，起來！我們去森林找松鼠玩。」貓小花忽然跑過來大叫。

貓巧可沒起身，繼續懶洋洋的說：「松鼠一點兒也不想跟我們玩。」

「聽說……」貓小花將聲音放低，神祕兮兮的報告。「聽說，森林裡有奇怪的東西，每天到下午兩點，便開始唱歌。」

貓巧可還是沒起身，回答：「是竹子吧。」

嗚~
喔喔~
咿~

「不管啦，貓巧可，請你陪我到森林玩。否則，我會一直吵你。」

貓小花一說完，貓巧可立刻站起來。

不過，那是因為媽媽在屋子裡下命令。

媽媽說：「巧可，請你幫我撿些小樹枝回家。」

媽媽想用樹枝編個小箱子。

兩個人跑到森林邊時，貓巧可卻突然站住，專心盯著眼前的地面看。

貓小花也跟著看，小聲說：「咦，什麼時候變成兩條路？」

從前，進入森林時，大家會走上一條「被走出來的路」。意思是地面經過許多人重複踩踏，結果變成一條平整的路。但是，現在想進入森林，卻出現了兩條路，他們到底該走哪一條？

「我們走右邊那條原來的路。」貓小花馬上有答案。

「為什麼會有左邊第二條新的路？會不會是原來的路不能走？」

貓巧可一說完這句話，貓小花又馬上說：「我們走左邊那條新的路。」

「但是，會不會新的路是個玩笑？」貓巧可又說。

貓小花也皺起眉頭：「嗯嗯，有可能。可能是狗村的小狗故意踩出一條新路，引誘我們走到一個可怕的地方。哇！這是陷阱，我們還是走原來的路。」

「再想想，也有可能新路才是捷徑。」貓巧可又有新想法。「說不定是常常走原路的人，發現原路繞太遠了，浪費太多時間，所以好心的替大家開闢一條比較快速的新路。」

貓小花不耐煩，跺跺腳：「請問貓巧可，究竟我們該選哪條路？」

「我們可以把每一條路都走一遍，下次便知道如何選擇。」

貓巧可的這個方式，貓小花早就想到了，但是她並不喜歡這種方法；因為她覺得：「不管我先走哪一條，到頭來我都會後悔。」

「為什麼？」

貓小花解釋：「如果我先走原來的路，再走新路，結果發現新路才是對的。我會說，哎呀，早知道就直接走新路，不必浪費時間。」

貓小花想得可真多。她又說：「但是如果我先走原來的路，再走新路，然後發現新路不通。我會說，哎呀，早知道就直接走舊路，不必浪費時間。」

貓小花發現，不管哪種狀況，她都會後悔。

貓巧可笑了笑：「乾脆我們一人走一條。」

「我才不要。」貓小花覺得，萬一她走的路是錯的，那可不妙。

一陣風吹過，森林深處果然響起奇怪的聲音。

START

再靜下心專注聽著，真的是竹子與竹子在打來鬧去，「空空扣扣」唱著歌呢。

也或許，竹子們是在高聲的邀請貓巧可與貓小花：「別管哪條路了，快進來吧。」

「路才沒有對或錯呢。」貓巧可拍拍身上的落葉，往前走去。

貓巧可與貓小花最後走上哪一條路呢？偷偷跟在他們身後的一隻小松鼠，正張大眼睛看著。

4. 你要加什麼?

放學了，三個好朋友一起走回家。

貓小花向貓巧可提起老師上課時說的笑話，邊說邊笑，開心得在頭上開出一朵花。

但是，貓小葉始終緊閉著嘴，頭上一片葉子也沒長，顯然正在生氣。

貓巧可關心的問他：「貓小葉，你怎麼了？」

不問還好，一問之下，貓小葉都快哭了。

原來，下週貓小葉的班上要舉辦同樂會，每個人負責賣一樣東西。

貓小葉早就想好，他要賣檸檬水，而且也已經邀請貓巧可幫他設計攤位，會打上許多色彩繽紛的蝴蝶結。

「沒想到……」貓小葉氣憤的說：「今天貓小歪說，他也要賣檸檬水。抄襲！」

貓小歪本來是貓小葉的好朋友，這下子，恐怕會影響兩人的友情。

好喝
檸檬水

「更教人生氣的是，貓小歪賣出去的點券，居然比我多。」貓小葉說完，氣得直跺腳，臉都紅了。

為了讓大家準備適當的份量，貓小葉的老師規定由班上同學先互相購買點券，這樣可以估算各人至少該準備幾份。

貓小花問：「為什麼大家比較想買貓小歪的檸檬水呢？」

好喝
檸檬水
檸檬水

「對啊，檸檬水不都一樣嗎？」貓巧可也很好奇。

答案揭曉，原因很簡單，貓小歪向全班強力宣傳：「我的檸檬水可以加料。我會預備十種好料，大家可以選擇免費加三樣東西。」

貓小葉哽咽著說：「我的檸檬水沒有東西可以加。」

「哇，十種料可以選，連我都想買了。」貓小花想著貓小歪提供的豪華選項，不由自主的想像著：「我要選哪一種呢？十種選三種，太少了，好難選啊。」

檸檬水
10種好料—
任選3種

貓巧可拍拍貓小葉的肩膀，為他打氣：

「沒關係，你好好的準備酸甜適中的檸檬水，到時候也可以賣給別班同學啊。」

除了班上同學買的點券，同樂會也歡迎別班學生利用下課時間來參加。

貓巧可與貓小花都承諾，同樂會那一天一定會到貓小葉的攤位捧場。

舉辦同樂會那一天，貓小葉班上好熱鬧。下課時，許多人紛紛擠進教室，在各個攤位邊逛邊想著要買什麼？

「十種料可以選喔，快來買我的檸檬水！」聽見貓小歪大嗓門的吆喝著。貓巧可與貓小花趕緊走過去瞧一瞧。

布丁/奶酪

奇怪的是，這麼慷慨的加料檸檬水攤位，每個人卻只是走過去，看了看，然後搖搖頭，反而停在貓小葉「什麼料都不加」的檸檬水攤位上，沒有點券也願意掏錢買。

貓小歪有點哭喪著臉，叫賣的聲音也愈來愈沒力氣。

貓小花看著攤子上的海報，十種加料分別是：「醋、醬油、辣椒、花生、巧克力碎片、小餅乾、炒蛋、香菜、蘿蔔絲。」以及最後一項「水」。

看來，根本是貓小歪把家裡冰箱的東西搬來啦。

貓小葉偷偷告訴貓小花：「已經買點券的同學都很不滿，因為他們最後只能選一種料，就是水。」

10種加料
醋．醬油．辣椒．
花生．巧克力碎片．
小餅乾．炒蛋．
香菜．
水．蘿蔔絲

貓小花點點頭：「嗯，本來大家以為有很多選擇可以挑，好期待。誰知道竟然是這些選擇，誰想在檸檬水中加香菜啊？噁心。」她又補充：「就算加巧克力碎片也不搭啊。」

「所以，可以選擇不一定是好選擇啊。」

貓巧可說完，貓小花立刻說：「我選擇不理你這句話，我聽了頭疼。」

5. 貓巧可你選誰？

才剛走出家門，貓巧可便嚇一跳。他眼前站著兩個戴面具的人，一個是烏鴉，一個是狐狸。再仔細看，扮演烏鴉的是貓小花，狐狸是貓小葉。

「巧可，我們要演話劇，請你當第一個觀眾，看看我們表演得如何？」貓小花一邊說一邊拉著貓巧可再度走進門。

「好吧。」貓巧可為大家泡了薄荷茶，坐下來，準備好好欣賞。

兩人站在巧可面前，開始說台詞。貓小葉先開口：

「美麗的烏鴉呀，你的歌聲十分迷人，快為我唱首歌。」

貓巧可點點頭：「原來這是伊索寓言的故事。」

狐狸看見烏鴉嘴裡叼著一塊可口鮮肉，想騙烏鴉開口，讓肉掉下來，好迅速搶走。

演烏鴉的貓小花連連搖頭。

「哼！我一點都不想演狐狸。」貓小葉忽然摘下面具，嘟嘴抱怨。「這個故事裡的狐狸好壞，奸詐狡猾。我想演可憐的烏鴉。」

貓小花也摘下烏鴉面具，說：「才不是，故事裡的烏鴉笨死了，狐狸哄騙他唱歌好聽，他果真張開嘴唱，結果到嘴的肥肉飛了。我也不想演笨蛋啊。」

兩個人說完，一起轉頭問貓巧可：「如果請你來演狐狸與烏鴉，貓巧可，你選誰？」

貓巧可想了想，回答：「烏鴉雖然傻氣，但喜歡唱歌給人聽，也算純真善良。狐狸雖然以騙術得逞，但也算運用腦力達到目的。」

貓小花與貓小葉又一起說：「不好不好，我不想演。」

貓巧可建議：「不如，你們換個故事。」

貓小花拿出背包裡的故事書，翻開其中一頁，指著書上故事說：「本來，我們挑的是北風與太陽。」

貓巧可知道這個故事：

北風與太陽比賽，誰能讓路人脫掉衣服。結果不管北風怎麼吹，路人反而將衣服抱得緊緊的；輪到太陽露臉，愈來愈熱，那個人便脫下衣服。

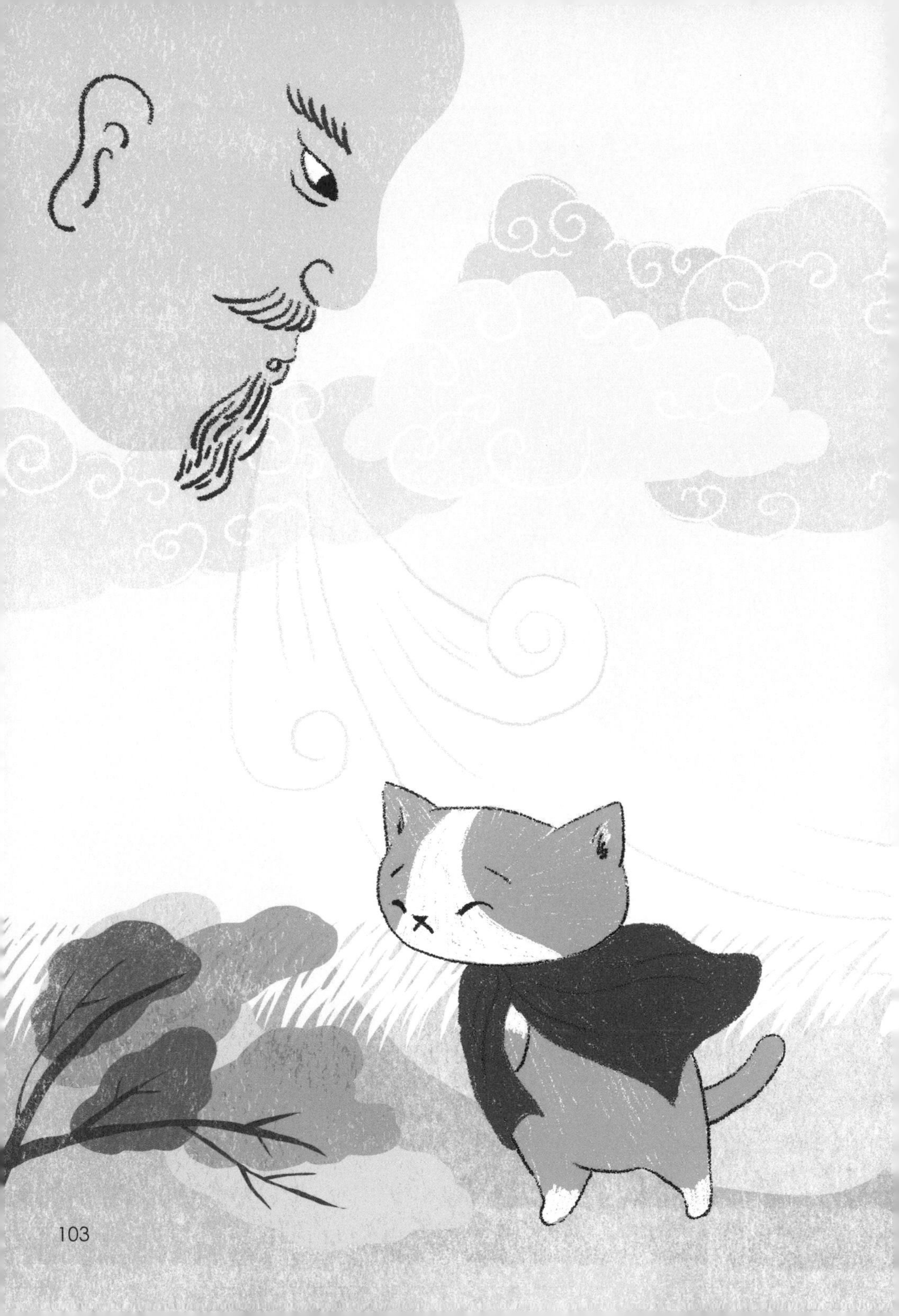

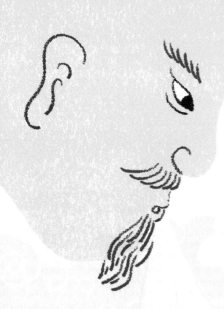

貓小葉大聲說：「意思是太陽贏，北風使用蠻力是沒有用的。所以，我和姊姊搶著當太陽。」

貓小花也大聲說：「太陽的面具很可愛，比較適合我演。」

貓巧可卻說：「但是如果改成誰可以讓路人多穿一件衣服，便是北風贏了。」

貓小葉有疑問：「可以修改劇情嗎？」

「巧可，我知道你的意思。」

貓小花已經聽明白了。

她解釋給弟弟聽：「一件事不能只從一個角度看。如果你選擇站在北風這一邊，就會覺得太陽使詐，比賽的方式本來就對北風不公平，冷風吹當然不會讓人脫衣服啊，這不是北風的強項。」

貓小葉也懂了：「比賽如果改成讓人多穿衣服，就會是北風贏，太陽輸。」

貓巧可又說：「或者，我還可以把劇本改成：北風把衣服吹破了，路人只好脫掉，換一件新的。而太陽曬

北風
太陽
win!

得太熱，路人反而不想脫掉衣服，因為怕紫外線太強，傷害皮膚。」

「哇，有道理。」貓小花高興得在頭頂開出一朵花，說：「如果喜歡北風，選擇站在北風這一邊，就會為他編出理由，說他好話。選太陽的話也一樣。」

「沒錯。我們還可以改成北風吹著舒服的風，路人便把衣服抱得緊緊的，好似抱著自己心愛的東西飄在雲上，做甜美的夢。」

貓巧可邊說邊露出笑容：「所以一樣的劇情也可以有不同的解釋喔。」

「這樣看來，選好站哪邊之後，還要注意看事情的角度有沒有跟原來一樣。」

貓小花覺得自己好像更懂了一點。

貓巧可又補充：「其實，每個人看事情的角度本來就不一樣，不可能都公正公平。也因為這樣，才會選不同邊站啊。有人同情北風，也會有人欣賞太陽。」

貓小花問：「怎麼辦？我們一定得選邊站嗎，可不可以一直站在中間？」

「站中間可以，但一直站中間就是假公平，只是演戲。」貓巧可回答。

貓小葉聽迷糊了，大喊：

「別再說了，我們來演戲吧。北風、太陽與路人這則故事，貓巧可，你選誰？」

附錄

選選看、想想看——一些有名的選擇題

這一次貓巧可的故事都跟選擇有關，生活中真的充滿選擇題哦！

以下的選擇題，是一些很著名的選擇題，經常被大家拿出來討論。這些題目有些出自好玩的聊天話題；有的出自文學作品；有的則來自數學（得經過計算）；有些屬於心理學或哲學。不論是輕鬆的想、嚴肅的想，都可以。還可以與家人朋友一起討論。

你要先救誰？

如果你的媽媽與你的太太（或先生）落水了，你要先救誰？

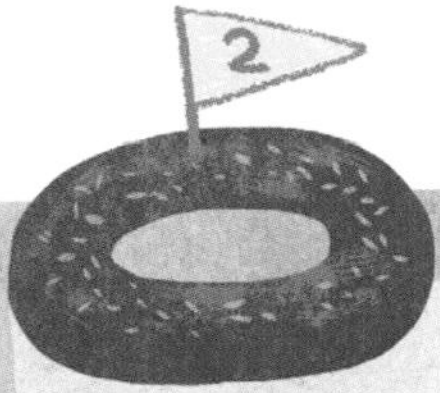

選到美女還是老虎？

美國小說家史達柯頓原著的《美女還是老虎》中，公主的情人被國王處罰，必須在兩扇門前做「命運的選擇」。

其中一道門後面是美女，選中此門可以帶美女回家；而另一扇門後面是一隻凶猛的老虎，打開此門會被老虎吃掉。

知道答案的公主，她會偷偷告訴她心愛的人選擇哪一扇門呢？

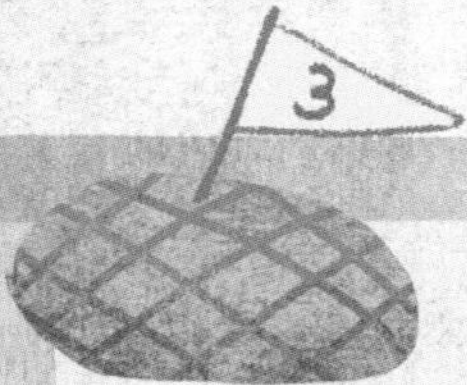

三門問題

這個問題也稱為「蒙提霍爾問題」（Monty Hall problem）。

你被邀請參加一個電視節目的幸運猜謎遊戲，參加者有三道門可選，門後分別是一部汽車與兩隻羊。你可以先選一道門，之後主持人會好心的幫你打開有羊的另一道門（主持人事先就知道羊在哪一道門後面）。請問參加者該保留原有的選擇？還是改選另一道門，得到汽車的機率比較高呢？

電車難題：要犧牲一個還是犧牲五個？

高速電車行駛時，發現盡頭有五位工人在施工，沒想到煞車失靈，也來不及警告五人逃開，眼看就要撞死五個工人。此時如果立刻轉向，可以切換到另一條軌道，但那條軌道上也有一個工人在工作。

如果你是電車司機，面對這樣殘酷的狀況，你會怎麼選擇呢？是要犧牲一個人呢？還是犧牲五個人呢？還是你有更好的方法？

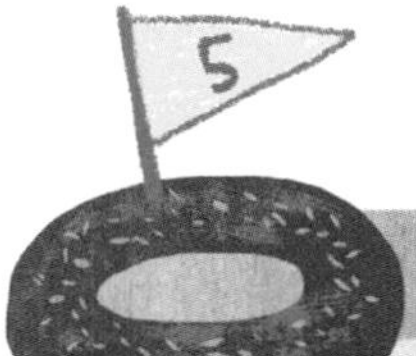

眼前吃一塊？還是以後吃五塊？

房間裡有一塊餅乾，老師說：「你可以現在就吃掉。但是如果你願意等一小時後再吃，便可以吃五塊。」

你要選哪一個？

英國大文豪莎士比亞在他寫的《哈姆雷特》中，有一句著名台詞：「To be or not to be, that is the question.」（生存還是毀滅，這是個值得思考的問題。）這應該是史上最知名的選擇題了。許多人都拿這句話來當作談論人生選擇時的標題。

其他著名的選擇，還有「囚徒困境」與自相矛盾的「第二十二條軍規」等，有興趣的話，可以找心理學或哲學的書來延伸閱讀。

讓孩子輕巧跨越閱讀障礙

◎親子天下執行長 何琦瑜

在臺灣，推動兒童閱讀的歷程中，一直少了一塊介於「圖畫書」與「文字書」之間的「橋梁書」，讓孩子能輕巧的跨越閱讀文字的障礙，循序漸進的「學會閱讀」。這使得臺灣兒童的閱讀，呈現兩極化的現象：低年級閱讀圖畫書之後，中年級就形成斷層，沒有好好銜接的後果是，閱讀能力好的孩子，早早跨越了障礙，進入「富者越富」的良性循環；相對的，閱讀能力銜接不上的孩子，便開始放棄閱讀，轉而沈迷電腦、電視、漫畫，形成「貧者越貧」的惡性循環。

國小低年級階段，當孩子開始練習「自己讀」時，特別需要考量讀物的文字數量、字彙難度，同時需要大量插圖輔助，幫助孩子理解上下文意。如果以圖文比例的改變來解釋，孩子在啟蒙閱讀的階段，讀物的選擇要從「圖圖文」，到「圖文文」，再到「文文文」。在閱讀風氣成熟的先進國家，這段特別經過設計，幫助孩子進階閱讀、跨越障礙的

「橋梁書」，一直是不可或缺的兒童讀物類型。

橋梁書的主題，多半從貼近孩子生活的幽默故事、學校或家庭生活故事出發，再陸續拓展到孩子現實世界之外的想像、奇幻、冒險故事。因為讓孩子願意「自己拿起書」來讀，是閱讀學習成功的第一步。這些看在大人眼裡也許沒有什麼「意義」可言，卻能有效引領孩子進入文字構築的想像世界。

天下親子童書出版，在二〇〇七年正式推出橋梁書【閱讀123】系列，專為剛跨入文字閱讀的小讀者設計，邀請兒文界優秀作繪者共同創作。用字遣詞以該年段應熟悉的兩千五百個單字為主，加以趣味的情節，豐富可愛的插圖，讓孩子有意願開始「獨立閱讀」。從五千字一本的短篇故事開始，孩子很快能感受到自己「讀完一本書」的成就感。本系列結合童書的文學性和進階閱讀的功能性，培養孩子的閱讀興趣、打好學習的基礎。讓父母和老師得以更有系統的引領孩子進入文字桃花源，快樂學閱讀！

國家圖書館出版品預行編目資料

貓巧可你選誰／王淑芬 文；尤淑瑜 圖 -- 第二版 . -- 臺北市：親子天下，2018.05
128 面；14.8x21 公分 . --（閱讀 123） ISBN 978-957-9095-59-4（平裝）
859.6 107004071

閱讀 123 系列 —— 064

貓巧可你選誰

作者｜王淑芬
繪者｜尤淑瑜
責任編輯｜黃雅妮、陳毓書
特約編輯｜游嘉惠
美術設計｜林晴子
行銷企劃｜王予農、林思妤

天下雜誌群創辦人｜殷允芃
董事長兼執行長｜何琦瑜
媒體暨產品事業群
總經理｜游玉雪
副總經理｜林彥傑
總編輯｜林欣靜
行銷總監｜林育菁
副總監｜蔡忠琦
版權主任｜何晨瑋、黃微真

出版者｜親子天下股份有限公司
地址｜台北市 104 建國北路一段 96 號 4 樓
電話｜（02）2509-2800 傳真｜（02）2509-2462
網址｜www.parenting.com.tw
讀者服務專線｜（02）2662-0332 週一～週五：09:00~17:30
讀者服務傳真｜（02）2662-6048 客服信箱｜parenting@cw.com.tw
法律顧問｜台英國際商務法律事務所・羅明通律師
製版印刷｜中原造像股份有限公司
總經銷｜大和圖書有限公司 電話：（02）8990-2588

出版日期｜2016 年 9 月第一版第一次印行
2024 年 9 月第二版第二十四次印行
定價｜260 元
書號｜BKKCD104P
ISBN｜978-957-9095-59-4（平裝）

閱讀123